歌集

雪と花火と火焔土器

柳村知子

砂子屋書房

＊目次

装本・倉本　修

歌集　雪と花火と火焔土器

雪割草

コンタクトレンズは少し緑色だから優しく見える気がする

落ち葉の間《ま》に雪割草が咲き出でて可憐に匂ふ囁きながら

被災せし中越《ちゆうゑつ》地震の七年が過ぎ哀しみをやうやく忘るに

地震に遭ひ苦しみをれば希望ある明るき歌と映像の欲し

津波ののち老人会も自粛なり母こもりきり背骨つぶるる

雪つばき初めて見れば雪に耐え枝は重みに低く撓《たわ》みぬ

雪つばき再び見んと夫と来て木洩れ日の射すつばき谷を行く

笹の葉

日曜のランチに行けば楽しげに子が友と居り死角に座る

肖像画を画家に頼めば嬉しげに八十八の母がモデルをす

米寿なる肖像画を見し母が「われはかういふ顔か」とまじまじ見つむ

喫茶店に母と初めて二人行くモーニングセットおいしいと言ふ

笹の葉に復興と書き母の治癒と書きて結びぬ遥かなる道

朝顔とふうせんかづらが涼しげに簾なしたる節電の夏

旧盆に訪れくれし甥と姪思春期らしき翳り漂ふ

子は釣りし真鯛をさばき塩焼きと松皮造りして休暇明く

茄子入れて鯨汁つくり滋味なるに夫と子は釣りの談義をやめぬ

この夏は釣り三昧でありしとふ子の学び舎に帰る日近し

ななかまど

十五夜に栃《とち》尾《を》油揚げ持て来れば焼きて香ばし尾花と供ふ

昨冬の地下水足らず雪消せず業者寄り来て知恵絞る秋

欅葉の赤く染まれば地下水の消雪パイプ試運転する

みちのくの便りを載せて届きたる林檎かぐはし秋一番に

蕪を煮て母訪《と》ふ道になななかまど赤き実揺れて自転車を漕ぐ

この道をまつすぐ歩み一キロの生家に着けぬ腰痛の母

母は今いつも臥《ふ》しをり去年までは客をもてなしお茶を点《た》てたり

冬至なる白寿南瓜を煮て食めば米寿の母は生き延ぶと言ふ

葉を落とし鴉の巣ある街路樹の欅の梢肩より凍《い》てぬ

マンホールの蓋に見入れば長岡の雪と花火と火焔土器あり

新巻鮭

気合入れ鮭中骨の昆布巻と鰈《かれひ》と「のつぺ」を煮るお正月

新巻はかつて家長が「かま」を食み以下切り分けて家人食みたり

鮭食めば美人になると中骨を昆布巻に煮る睦月のひと日

佐渡鰤《さどぶり》を四半身買へば脂乗り下仁田葱《しもにたねぎ》と鍋に刺身に

十日町雪まつり

日本女子レスリング部の道場ある十日町《とをかまち》市の雪まつり見る

雪像の前の十日町着物ショーＥＸＩＬＥライブに極寒《ごくかん》忘る

東北の舞踊団来て復興を誓ふ十日町雪像の前

岩原《いはつぱら》のパウダースノーさらさらと子は豪快にスキー滑らす

ぶな林広がる中の雪原を子のシュプールにゆつくり続く

何色に咲くかは知らず春を待つ雪割草は子育てに似る

大漁旗

巣立ちたる百舌たどたどし片枝へと横一歩づつ辿りゐる初夏

恵比寿笑む大漁旗のはためきて麦藁帽を飛ばす海の日

西に佐渡背に弥彦山《やひこやま》見はるかし釣り船進む日本海凪ぐ

地下道をモップ掛けする生徒らの白きトレシャツ青きトレパン

透かし百合毎年咲くに震災後朱色の花が青み帯びたり

長岡花火

巣立ちゆく百舌電線に止まりゐて鶯まねて声高く鳴く

信濃川中洲に上ぐる長岡の花火を見むと子の友来たる

草庵に良寛住みし国上山《くがみやま》徒歩に辿れば桔梗咲き出づ

国上山に良寛の庵たづぬれば日暮れの木立に蜩《ひぐらし》の鳴く

長岡の花火大会過ぎ去れば消雪パイプ工事始まる

階段を昇れば蛙ぴょんぴょんと紛れ込みをり初秋の家に

法要に郊外訪《と》へば柿赤く熟れし大豆をコンバインに刈る

ル・レクチェ

塀越えの枇杷の小花の鈴生りにブーケのやうな佳き香りする

やうやくに消雪パイプ調へば試運転する八つ手咲く頃

信濃川中洲に集ふ白鷺の三三五五に餌《ゑ》を捕る日溜まり

帰省して愚痴を言ふ子は的確にママは助言を呉るるからとふ

子持ち鮎子持ち鰰《はたはた》焼きたてを帰省子と食む初冬の夕餉

冷たかる冬の海なる鯵の腹捌《さば》けば指に魚脂の浸み入る

あたご梨蜜入り林檎ル・レクチェの薫れる家に雪の降りつむ

山本五十六の映画を見れば木訥な越後人たり長官たれど

小林研一郎指揮に長岡の千人が舞台に上がり第九を歌ふ

寒鰤《かんぶり》を買ひ来る道にひよどりが木守り林檎をひたすらつつく

吹雪く夜はスマホの画面を滑らせてユーミンを呼び「春よ来い」聴く

初詣

雪被《かづ》く蒼柴《あをし》の社おごそかに灯り長男が大吉を引く

母を連れて来し初詣の込み合へば転ばぬやうに次男が支ふ

日中韓英語流るるスキー場「ガーラ湯沢」に雪の煌めく

湯のけぶるガーラ湯沢のゲレンデにシュプール描く世界の仲間

スキーコース迷へる我が遅るるを地蔵のやうに二人子待てり

蠟梅の雪折れの枝活けたれば真珠の中に真珠あるごと

手料理を母に運べば「素人の作る料理はおいしい」と言ふ

バッテリー直しし後もマイカーに伴走し呉れしＪＡＦの車は

春日

春日射すアスファルト上に雪ひろげ早く消さんと賽《さい》の目《め》にする

玄関も木々も祠《ほこら》も雪囲ひを解けば素肌に春陽まばゆし

雪国の春は遅々として蠟梅と山茱萸《さんしゅゆ》の黄花さきだちて咲く

夕映えの越後与板《よいた》の大判屋の看板娘がおやき焼きをり

ちやんこ店「大翔龍」より帰り来し夫の背に見る稀勢《きせ》の里《さと》のサイン

桜咲く長岡場所に力士来る稀勢の里来る白鵬来たる

稀勢の里の母方の里は新潟市亀田《かめだ》なりなほ親しみ湧けり

元力士大翔龍は大鵬に部屋の料理を褒められしとふ

新潟の小路に名あり「いづみ湯」の銅屋小路に君と出会へり

新潟市本町市場と鍛冶小路を君と歩けば柳の芽吹く

新潟に地獄極楽小路あり刑務所跡と料亭の間《あひ》

新潟の開港五港税関のなまこ壁良き「擬洋風」なり

春泥のスギナを根ごと引き抜けば青と茶色の蛙跳びだす

雄孔雀の羽のやうなる胸鰭を持つ魴鮄《はうぼう》を焼きて食みをり

早春の越路

うぐひすの初音聞くころ耕耘機が田に動きだし越《こし》の山萌ゆ

農作業の野に始まりてスーパーに地産野菜が花畑のごと

何もせぬ卒寿の母が蕗の薹山菜うるいを上手く湯掻けり

越路《こしぢ》にて山独活《やまうど》採れば近所からまた貰ひたり天麩羅に揚ぐ

沢に近き日陰斜面に綿被るぜんまい見つけ足を滑らす

一箇所に四、五本寄れるぜんまいの小さきを残し手折りて摘みぬ

八海山、中ノ岳また駒ヶ岳の越後三山「は・な・こ」を眺む

気仙沼

はつなつの気仙沼港につぎつぎとびんながまぐろ荷揚げされをり

震災後二年の三陸おとなへば跡地に咲ける赤クローバー

「宿浦の全戸流れて神社のみ残れり」と早馬《はやま》神社禰宜言ふ

「御社の鴨居まで海に浸りしもやつと水澄む」と宮司様言ふ

国文学者の落合直文の生家ある気仙沼市に東北集会

競りを待つ鮭にうみねこ追へど来る気仙沼港に朝靄の立つ

白鳥

中学生考案の米菓「柿の種かんずり入り」がキオスクにあり

白鳥の今年も瓢湖《へうこ》に渡り来て三面川《みおもてがは》を鮭の遡上す

白鳥は農薬少なき田に来たり落ち穂を拾ふと篤農家言ふ

神無月二十三日九年前の中越地震を地元は忘れず

「毎日は歩きますか」と問はるれば「はい、トイレまで」と母答へたり

義母の好きな島倉千代子の可愛げに歌ひ納むる白鳥の歌

小千谷

小千谷《をぢや》にて紅葉狩すれば錦鯉群れて錦の渦潮となる

山本山の順三郎碑の詩を読めば『旅人かへらず』オカリナ聞こゆ

蛇行する信濃川沿ひ小千谷市に中越地震の震源近し

さみどりの布海苔《ふのり》がつなぐ手振りそば小千谷へぎそば喉越しの良し

雪囲ひ

あでやかな舞子のやうに小菊咲く小春日に夫と雪囲ひする

雪囲ひしてほしと母はわれを呼ぶ今年の山茶花紅く匂へり

わが捜す母は駅中パン屋にて従姉妹と二人コーヒーブレーク

霙降り散り敷く紅葉《もみぢ》くつきりと浮かびて見ゆるアスファルトの上

一面の雪中に木の冬囲ひポツポツ立てり三脚のごと

子の引越し

県外へ地元へ子らの引越しの続く春なりモーツァルト聴く

転勤の子を手伝ひて富山市を歩く東に霊峰立山《たてやま》

富山市の松川桜ちんどん屋　市電に徐徐に馴染む長男

引越しを助けし帰路に鱒寿司と富山白えびほたるいか買ふ

次男住む新築アパートひと月後天井と壁が剝がれ落ちたり

上階の給湯追焚き配管に水の漏洩の亀裂見つかる

富山

八月の氷見《ひみ》の鮨ねたは喉黒《のどぐろ》と鯇《あら》ときじはた息子と食めり

種もみを篩ひて播いて稲を刈る「越中おわら」の踊りを習ふ

富山なる廻船問屋の町並みは「簾虫籠《すむしこ》」といふ出格子揃ふ

秋陽さす富岩《ふがん》運河を眺めつつ息子の話を聞く昼下がり

「北越」で富山勤務の子を訪《と》へば来年三月までの列車なり

立山も晴れの日ばかりはなかりけり滑落多きと富山の人言ふ

富山に来て富山の米を食みをれば宿舎の周りの田に蛙鳴く

懐かしき富山の売薬今にあり快通丸買へば母欲しがりぬ

寺泊の釣船

釣船に朝の潮《うしほ》を汲む夫はプランクトンが煌めくといふ

釣船の夫から二尺の紅葉鯛の写メール届き出刃研ぎて待つ

記録的七キロの真鯛釣り上げし夫は鱗を浴びて捌けり

桜葉を刺蛾《いらが》の幼虫は食ひ尽くし堅き繭にて早や冬ごもり

楽しげに魚群探知機見る息子ソファーの上で海釣り気分

世界初の人工授精の喉黒《のどぐろ》の稚魚が涼しき顔で泳げり

フンボルトペンギンつがひで巣に棲みて卵二個産む水族館で

師走なるどか雪の道に嵌りたる車を助け我が車も嵌る

牡丹雪かづく桜木の蓑虫や刺蛾《いらが》の繭に来る四十雀

拾はれし手袋ひとつ門柱の雪の上《へ》にあり街灯の下

咳に効くとふ金柑の砂糖煮をことことと煮る窓に寒月

マグリットの空の雲見えて春近しゴールド免許更新にゆく

立山

立山を見つつ一年の任終へて子は親不知《おやしらず》子不知《こしらず》より来る

新潟と北陸直通なくなりて「しらゆき」「はくたか」乗り継ぎてゆく

桜咲く信濃川辺の「朱鷺《とき》メッセ」の入学式の保護者席なり

母へ来る怪しき電話「コート、靴高く買ひます。片足のみも」

田植ゑ後の日日の田の水出し入れし水温水量深さ管理す

七月に田の「中干し」し稲の根を深く張らしめ倒れにくくす

やぶそば

町内に孤独死ありき「やぶそば」の看板褪せて郵便溢る

「この冬の雪掻く彼を見た」と言ふ孤独死を聞く近隣の人

「雪消えて四月に一度ごみを出す彼を見た」と言ふ同年輩は

六月に消雪パイプの会長が訪《と》へど音なし郵便溢る

ひぐらしと聞き紛ふやうに百舌鳴けり夏至の夕べの隣家の松に

巾着茄子

勤務して二年の息子が初めての土産買ひ来る花園饅頭

半年は雪掻きをして半年は草取りをする長岡に生く

市議選は消雪パイプ直したる同窓生に一票投ず

栄螺《さざえ》五個ゆふべ茹づればごろごろと鍋に跳ぬる音厨《くりや》に響く

長岡の巾着茄子は水遣らで堅固に育つ河川敷にて

長岡の巾着茄子を蒸したればとろの味せり鈴虫の鳴く

児ら遊ぶ小学校の森に来る雉は雄一羽雌二羽の家族

曼珠沙華くれなゐ深き秋彼岸意中の人を長男連れ来《く》

秋冷えの早き今年は白鳥はや十月一日瓢湖《へうこ》に渡来す

校庭の栗たわわなり児らの吹くピアニカの音が校舎に響く

母と我洗濯干せばはあはあと母の息荒き山茶花の庭

あと五年生きたしと母ディイケアの秋のバスツアーの寺泊《てらどまり》にて

家族四人づつ向かひ合ひ会食す霜月尽の息子の結納

のっぺ

元旦に来たる息子と婚約者に母より伝授の「のっぺ」でもてなす

好物の鱈子筋子を遠ざけてジムに行けども腹囲は減らず

小正月過ぎて降る雪まばらにて街燈の下ほの赤く舞ふ

知らぬ地へ赴任決まる子はおしだまりインフルエンザに罹りて寝込む

魚野川《うをのがは》沿ひの町なる石打《いしうち》をゲレンデに見れば河岸段丘

圧雪のグリーンコースの緩斜面ゆつたり滑る誂へしごと

凍てつける雪原をスキー滑走し食堂に入れば暖炉ぬくとし

越 天 楽

鳥栖《とす》駅に列車乗り継ぐ十分間夫と義兄と掻き込むうどん

日本のトイレは巧みにして便座あたたかと言ふ留学生ら

賑はしく中国語話すスキー客五人が魚沼の雪山登る

踵前へ大股速歩のウオーキング始めたる日々を汗ばむ六十路

還暦に始めんと日記を買ひたれば縦書きは一種ほかは横書き

去年植ゑし金柑に十粒生りたればとろとろと煮て雛《ひひな》に供ふ

雪囲ひを解けば桜の幼木の小さき芽と芽に春日影透く

大空に声を響かせ機《き》のごとく熱を放ちて白鳥帰る

母の着し江戸褄《えどづま》を着て長男の挙式に出でつ護国神社に

越天楽の笛の音澄みて緋毛氈を新郎新婦が前へ進みぬ

ひむがしに八海山を仰ぎ見る子の任地にて光風の吹く

長男は結婚し次男は転勤し弟は那覇へ四月始まる

オリオン座

二宮尊徳像と稲荷神社と公孫樹が母の生家の庭にありたり

代替はりして従兄弟から銀杏の御裾分けあり「のつぺ」に入るる

香りたつ葉とらず林檎を「おいしい」と九十二の母が包丁で剝く

転倒し頭を縫ひたる母の住む家の空にはオリオン座冴ゆ

デイケアの身支度できぬ母を訪《と》へば両手に指輪は塡めてゐる朝

最新のジム機器に四肢当てたれば体脂肪過多と分析図出づ

誕生日特典診断受けをれば隠れ肥満なり家路を急ぐ

老化とは不可逆なれば「今動く体を続けよ」とふヨガ講師

中年の梅は縁起がよいといふ今年の梅酒梅干し作る

ポストまで徒歩で千歩と歩数計見つつ歩めば山笑ふなり

山本五十六の愛でし饅頭の川西屋に「アイスキャンデー準備中」とあり

久々に同級会に来たる友異国の恋を打ち明けてをり

アカザ

校舎脇の栖吉川《すよしがは》にはアカザとふ絶滅危惧種の川魚の棲む

四年生が水槽に飼ふアカザをり小型鯰で土管にもぐる

栖吉川の土砂さらふ工事する県に「生きもの守つて」と児ら要望す

農高生育てしガザニア陽の射せば勲章菊の名のごと立派

小学校の廃品回収の児らの来て母住む家の古紙を片付く

少子化の小学校の一角にコミュニティーあり老い人集ふ

あの頃の音楽室が地域の老いのコミュニティーへと役割を換ふ

校庭に百葉箱と山羊の見ゆ遠き日にせしうさぎ当番

ブータンの研修生が三条の鍛冶屋に来たり鍬作り習ふ

寺泊みなと祭りに艶のある田川寿美の声こだまする

これ以上秘密守れぬと言ふやうに桔梗の蕾ふくらみ弾く

涼しげに白き花咲くからすうり厨の窓を二階まで伸ぶ

ルノワールの「ピアノ弾く少女」に憧れてピアノを弾きし少女のわたし

桃畑

碑に刻む模擬原爆の投下地に一面香る桃畑あり

長岡市左近にある模擬原爆投下地

新婚の息子夫婦が帰省して一緒に作る夏野菜カレー

帰省せる息子夫婦が美味と言ふ今年の梅干し土産に持たす

「あかんわ」を「おえんわ」と言ひし同級生岡山生まれの今は亡き友

赤褐色の備前焼酒器ざらつきてビールの泡立ち溢れむばかり

竹久夢二の生家に残る書き留めし柱の手跡、庭に木の舟

夫植ゑしラ・フランスの実生りたれば子を守るがに袋掛けする

文化の日に木枯らし吹けり玉葱を箱で買ふ主婦多き店先

なでられて黒光りせり橇遊びに磨り減るもあり木喰《もくじき》仏は

水飴屋

高田《たかだ》にて寛永年間創業の高橋孫左衛門水飴屋あり

包装に十返舎一九『金草鞋《かねのわらぢ》』戯画の載りたる翁飴買ふ

この飴は栗から作るが珍しく上品で風味良しと評判

「栗飴は濡れ手で栗にて飴のごと身代延ぶ」と一九しるしき

小説の『坊っちゃん』に清《きよ》がむしやむしやと越後笹飴食ふくだりあり

浦佐から高田へ

うつすらと雪被きたる火打山《ひうちやま》にけもも啄む雷鳥の居り

浦佐《うらさ》なる毘沙門天を拝みたり路地に鶏頭赤くふくらむ

新米とカサブランカを贈られて子は転勤す半年ごとの

雨よけある角栄像に別れ告げ謙信像ある高田へ子は来《く》

をちかたに妙高山を見はるかす高田に来たり雁木《がんぎ》ある街

コンビニの宅配弁当

コンビニの宅配弁当来る昼餉ありがたうとふ九十二の母

弟は那覇より帰省し母を連れ父の墓参す蜩聞かず

くれなゐに箒木《はうきぎ》色づく校庭にリコーダーの音流れてきたり

神棚に年取り魚の塩鮭を供へて分かつ大つごもりに

夏あまた白き小花を咲かせゐし金柑の実に雪降りかかる

わが母へ弁当配るコンビニの店長の推すおせちを予約す

正月の帰省の息子ら戻りゆき夫と静かにあづき餅食む

玄関の内壁の隅に見つけたるかはほり追ふも鳴きて動かず

体験で雪上車に乗る睦月尽南極を駆け橇引くやうに

鍛冶屋にて「越後月潟《つきがた》カクスイの誠作小鎌」を買ふ如月に

手打ちなる三日月鎌を地に置けば全く隙《すき》なしと匠は言へり

春草は小鎌を使ひ夏草は中鎌と言ふ切れずは研げと

「大相撲ミニ手拭」のおまけゆゑコンビニ製の恵方巻買ふ

足裏に地霊を感じゆくやうに雪消《ゆきげ》路面を柄長《えなが》は歩く

雪形

クレーンで二月半ばに除雪して普請の杭打つ向かひの空き地

花便りつぎつぎ届き妙高の山に雪形「跳ね馬」の見ゆ

雪解けて真先に出づるふきのたう雪割草と鬱金香《うこんかう》の芽

Vの字の群れつぎつぎと帰りゆく白鳥の声かなしく響く

やりいかの腸《わた》ゑぐりだす手に触るるねつとりとした春の産卵

母を連れ橋を渡れば鷺と鴨飛び立つなかれ霙降る中

「お客さんパン好きですね」と片言で言ふコンビニの異国店員

大相撲

幼時より相撲を好む次男なり高校までは相撲相手われ

栃東《とちあづま》のファンなる次男「おっつけ」と「上手出し投げ」の得意手まねる

背広着てネクタイ長き無愛想な北《きた》の湖関《うみ》と写真を撮りき

上越市前島密《まへじまひそか》記念館をじつくりと見て子は転勤す

年年《としどし》に根曲《ねまが》り竹《だけ》を呉るる人今年も熊の足音聞くや

八幡《やはた》よりドイツ仕込みの草履型アップルパイが贈られてきぬ

沖縄の弟からの「島バナナ」日傘差すがに吊してみたり

土用雨

七月の風に百合叢ゆらぎをりふいに横切る翅黒蜻蛉《はぐろとんぼ》が

しとしとと土用雨降るわが庭の青楓の木に鵯《ひよ》のひな四羽

今年また正三尺玉の大花火が黄金《わうごん》すだれとなりて夏終ふ

二年前に植ゑし林檎の生りたれば摘果落果も供ふ盂蘭盆

貝が砂を吐きだすごとく道徳の授業で子らは澱《おり》を書きだす

飲み薬の朝夕二回が朝のみとなり夕映えに端居する母

野分だつ園の梨早や捥ぎにけり弥彦神社《いやひこじんじゃ》で風祭《かざまつ》りせむ

橘屋跡

出雲崎《いづもざき》の大黒屋なる菓子店に良寛愛でし白雪糕《はくせつかう》買ふ

生家なる橘屋跡に良寛像母の里たる佐渡を見つむる

「佐渡からの御奉行船が着いたぞ」と金銀荷揚げの出雲崎港

出雲崎に旅の杖とめ「荒海や佐渡に」と詠みし芭蕉像あり

日本初石油機械掘発祥の地に立つ内藤久寛の像

美人林

霧のなか橅の林が一斉に真直ぐに育つ「美人林」は

タクシーの車内飾りの緋もみぢを佳きと褒むれば百均と言ふ

くちばしを尖らせ玉を銜へたる「迦楼羅《かるら》」伎楽面ひよつとこに似る

蜜蜂の巣を固めたる蠟蜜はクッキーの如し藹纈《らふけち》にせり

冬晴れに堀口大学展見たり長岡藩士の末なる詩人

越後なる山の蝶捕る少年は祖母と育ちて世界を翔る

消雪パイプ

針供養レノン忌の日に信濃川中洲であがる「白菊《しらぎく》」花火

地下水の漏る地面には雪積まぬと着想を得し今井与三郎

長岡市発祥なりし地下水の消雪パイプは全国に普及

長岡市内消雪パイプの延べ敷設は長岡長崎間千二百キロ

たまたまに踏みし型に焼く「柿の種」米菓の元祖は今井与三郎

氷柱の長し

日本海の怒濤さかまく佐渡へ冬ジェットフォイルで子は出張す

佐渡羽茂《はもち》産ル・レクチェ一つ卓上に黄熟しをりヴィーナスのごと

正月に農高生の葉牡丹の鉢かざりをり赤株白株

メール来て子らの帰省は大晦日元日二日と一人づつ増ゆ

大年の弥彦神社でおもぶるに子は神籤を引き「小吉」と言ふ

霙降り氷柱《つらら》の垂るる蠟梅の松過ぎてよりほころびそむる

日本橋ふくしま館に友の居り起きあがり小法師を買ひに立ち寄る

休日に乗りたる現美新幹線「走る美術館」と呼ばれてゐたり

日本にガンジー牛は二百頭その稀有な濃きゴールデンミルク

今冬の寒波手強く降る雪は凍りつきたり氷柱の長し

大雪のなか当店で御買物ありがたうとふ張り紙貼らる

米百俵

玄関をつと開けたれば金柑を銜へ鵯《ひよ》逃ぐる立春の空

春風の吹きて一気に雪解けの進まむ今日はバレンタインデー

雪による家屋器物の損壊に各戸注意と回覧板来る

病床の義兄より電話「長岡は米百俵の訓《をしへ》が良し」と

夕空をパシュートのごと連なりて白鳥帰る春彼岸あけ

雛《ひな》の日の教授退職祝賀会にぎはひてやがて寂しき河畔

瓶にさす雪折れの椿横向きに葉裏で蕾む雪除《よ》くるがに

義兄と桜

をちこちに湧水の涌くあきる野に住む義兄病みて一族つどふ

「五日市憲法草案」明治の世に民間人により作られき

精検で大腸癌が肝臓に転移すと言ふ医師淡淡と

緩和ケアの義兄が桜見たいとふベッドごと運ぶ介護タクシー

「万歳」と義兄は言ひて桜花をば孫と見納め四月に逝けり

昭島《あきしま》にくぢら像あり多摩川のこの辺は鯨泳ぎし海か

小学校校長の義兄はモーニングで死出の旅する六十八歳

ありとある花を投げ入れその上へ胡蝶蘭載す棺桶の中

六人の男総出で持ちきれぬ柔道したる義兄の棺は

こんなにも小さく軽き骨壺ととぼとぼ歩む焼場の帰り

カーネーション

二階までフェンスをつたふ藤の花に熊蜂うなる羽音やまざる

母の日にオイル漬けなるカーネーション・ハーバリウムが嫁から届く

「わたくしは雨女なのよ」といふ母の庭のあぢさゐ青みづみづし

玄関の鍵を開くれば真向ひにぜんまいを干す隣人が見ゆ

クラス会ひけて振り向かず皆帰る鳥のごとくに風を見るなり

新潟のフッ素洗口を広めたる同期生なる退職を労《ね》ぐ

離岸より接岸のときが寂しくて下船の足取り重き友がき

青田

梅漬けの梅一つづつ洗ふなり転勤の子の引越し間近

はろばろと青田を駆ける列車にゆく息子を送るプラットホーム

新緑の上野公園を歩みゐる背後にベシャッと蛇が落下す

口あけてのたうち回り腹こなす蛇を今度は鴉がつつく

二尺なる蛇にさかんに挑めども仕留めきれずに飛びたつ鴉

父の日に届くカステラ照れながら夫は食みたり三切れづつ食ふ

週一に卵一個産む烏骨鶏《うこっけい》その卵なるカステラ買ひぬ

骨までも黒いと云はるる烏骨鶏のカステラ食めば黄金色なり

葬場と老人ホームの予定地の立て看が立つパチンコ屋跡

巻機山

機を織る女神住むとふ山頂の優しき丸さ巻機山《まきはたやま》は

登山道の根曲り橅の白き幹と池塘《ちたう》に燃ゆる白きわたすげ

雪残る夏の御機屋《おはたや》にいはかがみ立山竜胆《たてやまりんだう》いつせいに咲く

レインボータワー

華厳滝の風景花壇を三万本の菊で作りぬ弥《や》彦《ひこ》菊まつり

散り初むる桜紅葉を園児らはしやがんで拾ひ日に翳し見る

富岡惣一郎の「梢」のやうに美しき欅の街路樹ばさり枝打ち

寝床からやうやつと膝を立つるとき尿もれて母「悩み増えたね」

母のケアプランをつくる五者面談に娘のわれがかしこまりをり

デイケアのリハビリ始動し土産なる計算シートを母が持て来る

初体験のショートステイのお誘ひに「参加します」と母の諾ふ

商高の定期演奏会に指導者は「働き方改革」の時短を嘆く

レインボータワー解体し輪切りにしクレーン運びぬ思ひ出と共に

新そばを味はふ会にしろじろと一番粉そばの喉越しゆかし

六十八で逝きし義兄を追ふやうに里より分けし山椒枯れつ

木枯らしの道いつぱいの落葉なり梢に残る柿の実六つ

冬枯れの庭に凝《こご》れる山茱萸の赤き実あまた小鳥は食はず

水門の開かれ滾《たぎ》る用水に小鷺は立ちて颯《さ》と魚《うを》捕らふ

カジマヤー

「おねえさんもLINE始めたのですね」と義妹のLINE届く聖日

沖縄の九十七歳の祝祭の風車《カジマヤー》を持てく赴任の弟

沖縄より弟帰りカジマヤーを母に持たせて車上撮影

正月の子らの帰省に「のつぺ」せむと貝柱と芋買ふ年《とし》の市《いち》

帰省せし長男夫婦の出産の予定は平成最後の四月

太陽の左上部を隠す月忘れがたかり小寒の空

蜜入りで旨いよ食べよ「いもジェンヌ」新潟砂丘に育ちし甘藷

朝早く誰か雪搔くごみ置き場ごんぎつねのごと姿見えずも

降る雪を見上ぐる犬の絵葉書は後輩からの再婚通知

猪の目窓

年年の一メートルの積雪が今年は五センチ自転車に駆く

夫に贈るバレンタインの目黒発オッジショコラを味見する我

茶室なる「猪《ゐ》の目窓《め》」よりハート型の陽の差しこみて茶庭に臨む

三月の衣料問屋の店先に菅公《くわんこう》学生服の箱が山積み

ゴム質が良く低温に硬化せずとタクシー運転手が冬タイヤを説く

雪かづく黄楊《つげ》木を傘に木魚のごと叩く下校児そ知らぬ顔で

南窓をカンカンコツコツ叩く音に見れば爆ぜたる藤の実あまた

買物に会ふたび手を振り「佐藤さーん」と吾の旧姓を呼びし友逝く

今冬の出番少なき消雪用ホースを春日に干して仕舞へり

平成なごりの雪

歯磨きがオーラルフレイルに効くと聞き母は厨で歯刷子にぎる

平成の終はる四月に初孫の生まれ欅の芽吹き瞬く

どっさりと今年の椿花咲きぬぽとりぽとりと落椿よし

三月に消雪ホース仕舞ひしを四月の雪にまた敷く駐車場

いちどきに梅桃桜咲く春の越後に平成なごりの雪降る

市議に立つ同期生ふたりの「票たのむ」の電話に「仕事を見せよ」と応ず

奇想系譜展の岩佐又兵衛は村重の子で生きのびて「常盤絵巻」画く

山古志

駅前で人に呼び掛け山古志《やまこし》のＰＲする小学六年

錦鯉闘牛棚田を全国に児ら発信し山古志に呼ぶ

アメリカのコロラド州から山古志に贈られて来しアルパカ三頭

水鏡の棚田をめぐり蕪萌ゆる闘牛場へバスは登りぬ

うなりを上げ巨体をゆらしぶつかり合ふ山古志「牛の角突き」初場所

山古志の闘牛場に勢子とともに牛引き回す女性オーナー

山古志に中越地震のご訪問の御製《ぎょせい》碑御歌《みうた》碑二基ならびたつ

金沢

「鼓門《つづみもん》」くぐれば能のつづみの音響《ね》くやうなり金沢駅に

過去一度も戦禍にまみえぬ金沢の城壁たどり次男を訪ぬ

忍者寺の井戸の抜け道が城へ通ず前田利常の防御の秘策

石川門を兼六園へ坂のぼり「金箔アイス」にかぶりつく立夏

詩歌文学館

ようこそと詩歌文学館の園に立つ舟越保武のイヴの像笑む

詩歌館の井上靖記念室は『しろばんば』なる土蔵の明かり

「平成の生まれと物故の詩歌人展」に藪内亮輔と裕子氏の自筆の温し

なまはげの面やオーストリアや中国の鬼面をかぶる「鬼の館」で

朴《ほほ》の花がサトウハチロー記念館に門番のごとく白く咲きをり

はつなつの北上川の川風が氷菓をしやぶる頬をよぎりぬ

ヒドロダマリス属海牛

信濃川中流域は海牛《かいぎゅう》が藻食む浅海か二百万年前

妙見《めうけん》のヒドロダマリス属海牛は復元し体長八メートル

母が吾子へ授けし紋付祝着《いはひぎ》を初孫に着せ初宮参り

去年つくりし梅干し足れば本年はジャック・ダニエルで梅酒を仕込む

鯖鮪をかいくぐり夜の釣船は烏賊に棚《たな》合はす寺泊の海

令和

勝ち誇るごとく樹上に鴉をり熟しし梨が庭より消えつ

真夏日の川に立つ鷺は橋のかげ建物の影へ涼をたどりぬ

梅雨長き那覇に赴任の弟に島の風吹く三度目の夏

デイケアの面会に来し弟に母はなんども「鬚剃れ」といふ

スーパーの焼き鳥西瓜のたたき売りは縁日のやう長岡花火日

初孫の生まれし四月ふみの日に蒔きし朝顔百日《ももか》に咲きぬ

夏服の暑き夏なりリバティの生地を取り寄せ作るワンピース

なつかしきボタン屋たづね珠玉なる釦を店主が選ぶ夏の日

平成とともに開きて三十年この九月に閉づ我が歯科医院

塩沢の医師宅で逝く夜継之助は「松蔵よ火を熾んにせよ」と

幕末の長岡藩家老の河井継之助は戊辰戦争で傷を負い、会津へ逃れる途中、福島県南会津郡只見町塩沢で傷が悪化し没す

石蕗の花

内視鏡検査の夫待つ待合に見る中庭の石蕗《つは》の黄の花

病む夫に土瓶蒸しをとアメリカ産松茸を選る寒露の八百屋

寝返りからお座りをする孫の動画がスマホに届き黒豆を煮る

子を抱くがに万両の葉は覆ひたり今年の青き実去年《こぞ》の赤き実

梟と鴉のかたちの鳥威《とりおど》しに鳩は来ずなり玉風の吹く

冬囲ひと消雪パイプ設へて側溝さらひて冬を待つなり

植込みの山茶花そよぎおもむろにドクターヘリのとびら開きぬ

雪降らず待ち人来ねど小鳥来て山茶花散らす令和の冬至

北陸路

おもちやなどそつちのけにして男の孫は這つてつかみぬ九谷《くたに》の急須

ピカチュウの小型ロボットに泣きだすもついと突つ突く孫八ケ月

片山津《かたやまづ》の湯にひたりゐて響きくるブルーインパルス飛行の小松《こまつ》

五箇山《ごかやま》に新天皇の歌碑ありぬ若き合宿に「こきりこ」聴きし

麦屋節《むぎやぶし》の笠踊りなる竹笠を買ひ来て孫にかぶせて可笑し

永平寺総持寺祖院瑞龍寺に参り読経の声に聴き惚る

北陸路千キロ駆けて夫は言ふ「俺はまだまだ運転できる」

沖縄の弟

琉球の浅黄斑《あさぎまだら》は青き海ガジュマルの樹にふはりと染まる

空港にカフェに岬にゆつたりと猫の寝ころぶ沖縄の午後

焼け焦げし首里城正殿赤き屋根は呻《うめ》くごとくに捲《めく》れてをりぬ

珊瑚礁由来の昏き玉泉洞《ぎょくせんどう》行けども行けども瀑布のつづく

ひめゆりの学徒ら死せし壕の跡半ば咲きたる緋寒桜よ

夫は那覇の国際通りの端から端歩きて探す旨さうな店

那覇勤務の弟が催す学会の名札をさげし人と行き交ふ

弟が単身で住める沖縄に来て会ひたれば意外に元気

立春

立春を過ぎて降る雪つめたかり遅咲き蠟梅を重く濡らしぬ

甲子《きのえね》に生まれし母は九十六歳「ぼけたふりする」と孫に言はるる

四月から入園の孫一歳は聴く吾が歌ふ「めだかの学校」

夢を買ひ遊びにけりな三越が越後を去りて花の雨降る

前身は「越後屋」といひし三越が新潟を去《い》ぬ獅子像残し

嘗めたればおもちゃ取りあげられし孫ひな飾りにはなぜか寄らざる

春場所の無観客相撲に白鵬は「不思議」鶴竜は「どんな顔せむ」

沈金《ちんきん》の空色に照る翡翠《かはせみ》を孫はふりむく帰省のたびに

ほろほろと紅白絞りの椿落つ町一斉に溝浚ふ朝

五月晴れ

五月晴れに家にこもりて干す布団アンパンマンのやうにほかほか

コロナ禍のテレビのシェフに教はりしローストビーフを子らに振る舞ふ

みどりごの睫毛のやうに芽吹きそめ早や若葉なる立夏のけやき

保育園へひと月通ひだんだんと泣かずに行くとふ孫は一歳

こどもの日特製の寿司を食べ終へて気づく絵皿の藤の花房

茅の輪

弥彦神社へ茅の輪くぐりに詣づれば長鳴《ながな》き鶏《どり》の声ひびきをり

しばらくは宿舎の無いとふ転勤の息子が我が家に泊まるこの春

ゐないゐないばあすればば孫は知っているよとばかりに笑ひ椅子に隠るる

軽自動車にぶつかりし吾が自転車の車体が前後にくの字に曲がる

同期会のリモート飲みに誘はれてタブレット、ズームをしつらふ夫

帰宅すれば郵便受けに新顔の蛙が鎮座す六月一日

五色龍歯

天平の世の疫病に大仏へ「五色龍歯《ごしきりゅうし》」の献納されき

五色龍歯は正倉院宝物の一つで、ナウマン象の臼歯の化石。薬物。

デイケアに転びし母は翌日よりベッド車椅子歩行器レンタル

二〇〇〇年の介護保険法に感謝せり母は自宅に一人で暮らす

音聴棒に水道管の水漏れを感知し実家の鉛管掘らる

町内の溝浚ひする立冬の澄める空気に紅葉拾ふ

つぎつぎと褥瘡《じょくさう》つくり歯の抜けて日に日に弱る極月《ごくげつ》の母

転倒し歩けぬ母をペンギンの雛抱くやうにうづむ車椅子

骨折に動けぬ母の手提げには使ひ残りのバス券十枚

四十年好みしレナウンなくなりて二〇二〇年白鳥きたる

みかんを「か」らつぱを「ぱ」といふ一歳半の孫はでこポン二個抱き歩く

凍る瓢湖

口あくる母へ粥三さじ九月までは箸で食べをり杖歩行して

ベッド上に端座位の母がうからからに会ひうる最後やもしれぬ暮れ

はるかなる縄文時代に有病者が生き長らへし介護優しき

実家から老人ホームへ入る母よ雪折れしたる蠟梅香る

白鳥の今年の一月苦難なり瓢湖は凍り田の雪多し

斎藤さんが撒く餌の水面をわれさきに鴨と白鳥啄む二月

斎藤功さんは瓢湖三代目の白鳥おじさん

六十里越

全介助の母は食堂で介護員と「食べる」「いらない」なかなか食べず

九十七歳まで独り暮らしせし老い母は十日を住めば施設が我が家

「毎日が楽しい」と母　スタッフは母のいい顔に癒さるといふ

医院受診するとき会へる如月のよく晴れたる日に母と連れ立つ

パンジーに雪降りかかるポーチの鉢つぎつぎ咲けり黄むらさき白

吉田類さんと新潟日報ホールに句会あり夫は出席われ見学席

大白川のスノーシェッドに只見線の十三時五十七分をカメラが待ちぬ

マイカーは冬期閉鎖の六十里越《ろくじふりごえ》街道に行き止まるなり

佐渡海峡のめばる

深海の佐渡海峡に釣るめばる船べりで鰾《ふえ》とめだま飛びだす

佐渡海峡に夫の釣りしめばる四十尾煮付けにすれば一歳児も食む

一歳半の孫は廊下を手をつなぎ走りをり居間寝間探検す

雪解けの山に咲き出す満作の黄のほそき花ゆきつばきの朱

ひおもてに雪割草の群れ咲きて湿地に白く水芭蕉の苞《はう》

尉鶲

疫病除け寂しさ除けのお守りのわが雛飾りゆつくり仕舞ふ

けふもまた庭に尉鶲《じようびたき》来るを待つ渡りの途中と聞く弥生尽

町行事は縮小せられ塞の神を疫病の終息かかげ実施す

飼育舎の愛鳥センターに負傷せし白鳥十羽ともに帰れず

弥彦山に夕陽の沈む高速路をならび駆けるは滋賀へ馬運車《ばうんしゃ》

目に見えぬ微生物には手洗ひとマスクとワクチン見ゆる対処す

菊をそだて芽をじつと見ればもぢもぢと天道虫とあぶらむしをり

堅香子《かたかご》の花にとまれる岐阜蝶の胸と腹ふとし黒々として

立夏

「連鶴《れんかく》」とふ牡丹花のここにカメラ向け自分の影を入れずに撮す

藤かをる五月一日するゑの子のともなふ連れが「お母さん」と呼ぶ

朝な夕な紅茶うすめて嗽する感染予防のまじなひのごと

今年また浦島草《うらしまさう》の咲き出でて鯛の釣糸くりだす立夏

二ケ月毎の暦めくれば夏服の児ら朴の葉で「うさぎの耳よ」

絶滅の危惧種のあさざ黄に咲けり山辺の池の曇る真昼間

水辺の枝にもりあをがへるの卵しろし沼には黒く蝌蚪うごきをり

解説

花山多佳子

柳村さんは近年ずっと塔の東京平日歌会にはるばる新潟の長岡から参加されていた。とても熱心な方である。歌会は午後からだが、その前に上野で美術館などに寄ってこられる。何事にも関心が深く意志の強い人だとは思ってはいたが、初めて歌集の原稿を拝見したときは、かなりの驚きがあった。ローカルな物事をかくも精しくつづったものはあまりない。

この歌集には二〇一〇年に短歌を始められた当初からの一〇年間の歌が収録されている。柳村さんは新潟長岡の生まれで、新潟大学歯学部での学生時代、医局時代を新潟市で過ごしたのちは、長岡で歯科医院を夫と開業したと「あとがき」にある。いわば、ずっと地元の人である。歌集のタイトルの『雪と花火と火焔土器』であるが、

マンホールの蓋に見入れば長岡の雪と花火と火焔土器あり

からとられている。このタイトルはどうでしょうかと相談されたとき、何か柳村

さんらしくて、とてもいいなと思った。マンホールの蓋の図柄を一つ一つ並べたこの歌も即物的でなかなかいい。それをそのまま切り取ったタイトルの付け方もユニークで、シュールな感じすらある。何より作者の長岡愛が込められていて、歌集のテーマをどんどん発信している。

『雪と花火と火焔土器』には、長岡という雪深い郷土での暮らしや文化が実直に綴られていくのだが、いわゆる雪国の閉ざされた暗さとかウエットな心境はふしぎなくらい無い。闊達に物事に好奇心が動いていて、きびきびしている。いわばリア充な歌集である。

気合入れ鮭中骨の昆布巻と鰈《かれひ》と「のつぺ」を煮るお正月
釣船の夫から二尺の紅葉鯛の写メール届き出刃研ぎて待つ

まず楽しめるのは郷土の料理の歌。「気合入れ」と初句から気合が入っている。

「のっぺ」の歌は各所に出てきて、貝柱を入れたり銀杏を入れたりしていて「のっぺ」愛に充ちている。二首目も「出刃研ぎて待つ」という結句のよろしさ。夫も息子も釣り好きで、日本海の「釣り」の話題もダイナミックな彩りを添えている。作者は無類の料理好き、その連携プレーぶりが一首の言葉運びにそのまま出ている。

茄子入れて鯨汁つくり滋味なるに夫と子は釣りの談義をやめぬ
十五夜に栃尾《とちを》油揚げ持て来れば焼きて香ばし尾花と供ふ
新巻はかつて家長が「かま」を食み以下切り分けて家人食みたり
冷たかる冬の海なる鯵の腹捌《さば》けば指に魚脂の浸み入る
雄孔雀の羽のやうなる胸鰭を持つ魴鮄《はうぼう》を焼きて食みをり
長岡の巾着茄子を蒸したればとろの味せり鈴虫の鳴く
佐渡海峡に夫の釣りしめばる四十尾煮付けにすれば一歳児も食む

料理の歌がこんなにある歌集はめずらしく、ついついたくさん挙げてしまった。実においしそうでうらやましい。茄子の鯨汁ってどんな味なのか、十五夜には油揚げを供えるのか、知らなかった、などと興味は尽きない。おのづから長岡という土地の豊かな食生活や文化行事の紹介にもなっている。

昨冬の地下水足らず雪消せず業者寄り来て知恵絞る秋
長岡の花火大会過ぎ去れば消雪パイプ工事始まる
やうやくに消雪パイプ調へば試運転する八つ手咲く頃
市議選は消雪パイプ直したる同窓生に一票投ず
長岡市発祥なりし地下水の消雪パイプは全国に普及
長岡市内消雪パイプの延べ敷設は長岡長崎間千二百キロ
今冬の出番少なき消雪用ホースを春日に干して仕舞へり

これもひんぱんに登場するのが消雪パイプの歌。毎年のように詠まれる。消雪パイプが長岡市発祥だとは初めて知った。これも長岡愛の一つで、雪国の実際的な関心事だとよく理解できる。「半年は雪掻きをして半年は草取りをする長岡に生く」という風土なのである。歌としては同じような報告なのだが、削るのが惜しまれる、そういう歌が柳村さんには多い。その逐一が、作者の気質を感じさせ、また定点観測的な記録性がある。

物事にしても自然にしても、興味が動くと着目や情報をそのまま歌にしていく。自分の主観や心理があるとしても、それより実際を律儀に言うことが先立つのだ。そこが読んでいるとだんだん面白くなってくる。しみじみしない。

世界初の人工授精の喉黒《のどぐろ》の稚魚が涼しき顔で泳げり
山本五十六の愛でし饅頭の川西屋に「アイスキャンデー準備中」とあり
校舎脇の栖吉川《すよしがは》にはアカザといふ絶滅危惧種の川魚の棲む
少子化の小学校の一角にコミュニティーあり老い人集ふ
ブータンの研修生が三条の鍛治屋に来たり鍬作り習ふ

なでられて黒光りせり橇遊びに磨り減るもあり木喰《もくじき》仏は
小説の『坊っちやん』に清《きよ》がむしやむしやと越後笹飴食ふくだりあり
手打ちなる三日月鎌を地に置けば全く隙《すき》なしと匠は言へり

郷土のこととなれば何でも熱心に歌にする。他にも良寛あり、河合継之助あり、お相撲あり、山古志の闘牛ありと話題には事欠かない。ありすぎると思いつつ、知らず知らず長岡、越後のことをいろんな面から知ったという気持ちになってくる。また詠みぶりや、歌の並べかたが何となくユーモラスだ。三首目の「絶滅危惧種のアカザ」と四首目の「老い人集ふ」の歌はほぼ並んでいて、ふと重なるものをおぼえてしまう。人も生物も同じ目線でとらえるような感じが、意識的でないだけに、妙に面白い。

東北大震災を中越大震災に重ねる一連から始まって十年、長岡の現在の変化も擦り出されつつ、そこに家族の動向も織り込まれる。その中で特筆されるべきは老いていく母の折々の歌である。これが「あはれ」とかにならずいきいきしている。

津波ののち老人会も自粛なり母こもりきり背骨つぶるる
米寿なる肖像画を見し母が「われはかういふ顔か」とまじまじ見つむ
手料理を母に運べば「素人の作る料理はおいしい」と言ふ
「毎日は歩きますか」と問はるれば「はい、トイレまで」と母答へたり
母へ来る怪しき電話「コート、靴高く買ひます。片足のみも」
デイケアの身支度できぬ母を訪《と》へば両手に指輪は嵌めてゐる朝
デイケアの面会に来し弟に母はなんども「鬢剃れ」といふ
九十七歳まで独り暮らしせし老い母は十日を住めば施設が我が家

母の発言語録とでもいう歌が各所に出てくる。老い衰えていくさまもまざまざとあるのだが、どこかポジティブで笑ってしまう。母の老いを感傷をまじえずに

キャッチしていく作者も、母と似通う気質なのかもしれない。おもしろがりつつ、あたたかみがある。九十七歳まで独り暮らしする母を支える日常はたいへんだったにちがいないのだが、その苦労、自分の思いには触れない。短歌ではめずらしいことであろう。この歌集の特質は対象のみを描くところでもあると思う。

雪被《かつ》く蒼柴《あをし》の社おごそかに灯り長男が大吉を引く
スキーコース迷へる我が遅るるを地蔵のやうに二人子待てり

何となく自然なおかしみがあって好きな歌だ。しかもいい歌である。

桜葉を刺蛾《いらが》の幼虫は食ひ尽くし堅き繭にて早や冬ごもり
児ら遊ぶ小学校の森に来る雉は雄一羽雌二羽の家族
夏あまた白き小花を咲かせゐし金柑の実に雪降りかかる
足裏に地霊を感じゆくやうに雪消《ゆきげ》路面を柄長《えなが》は歩く

水辺の枝にもりあをがへるの卵しろし沼には黒く蝌蚪うごきをり

最後に雪国の生き物や植物の歌をあげておきたい。物事の多さに目立たないのだが、みずみずしい景物や生物の歌も多いのだ。

作歌を始めて十年余での出版であるから、これからというところはあるのだが、この作者の持ち味と、旺盛な物事への関心に期待している。読んで楽しめる歌集である。

あとがき

このたび、初めての歌集を編みました。

二〇一〇年秋より、短歌をつくりはじめ、当初は主に新潟日報などの新聞に投稿し、翌二〇一一年から短歌研究に投稿する中、二〇一二年六月に「塔」短歌会に入会しました。

この歌集は二〇二一年までの十年間の作品から四七九首をほぼ年代順に収録しました。

二〇一一年三月に東日本大震災がありました。その七年前の二〇〇四年十月二十三日に私の住む新潟県長岡市や小千谷市などに、震度7を記録し六十八人が犠牲になった中越地震が起こりました。中越地震のときは十万人以上が避難し、私が所属する長岡歯科医師会の有志は各避難所をまわり、避難者の口腔衛生指導や応急処置に当たりました。我が家も二階のリビングの食器、皿は全部割れ、本棚が倒れ、そのガラスが割れました。母がこのとき「生きていると一生の中で二度か三度、生き死にに関わる災難に遭うものだね。」と言ったのが胸に残りました。母は中越地震と、太平洋戦争の時の長岡空襲で千五百人が犠牲になり長岡市街地一面の焼けた経験が記憶に刻まれていたのでしょう。長岡はそれ以前に戊辰戦争の戦禍に遭い焼けました。

私は長岡市に生まれ育ち、高校卒業後は、新潟大学歯学部の学生時代と医局時代等を合わせて十六年を新潟市に住み、一九九〇年、三十四歳で同業の夫と長岡市に歯科医院を開業しました。

長岡と言えば、長岡花火があります。中越地震の翌年から、復興祈願花火「フェニックス」と題して平原綾香の「ジュピター」の歌に載せて、広大な信濃川中洲から広範囲の花火が打ち上げられ、その中を金色と青色の不死鳥フェニックスの花火が飛び交います。震災に負けない、と心の中で誓い信濃川の土手でフェニックス花火を観ました。

二〇一二年「塔」入会当初から塔全国歌会に参加。二〇一三年から年一回の東北集会に参加。二〇一四年十一月から塔東京平日歌会に通って、選者の花山多佳子先生、小林幸子先生にご指導をいただいています。先輩の方々から励ましをいただいています。

二〇一九年末に報告された新型コロナウイルス感染症は二〇二〇年初頭には日本で感染者が報告され瞬く間にパンデミックとなりました。このため、各行事や歌会は中止となり、メール歌会に参加しています。昨年四月より新潟カルチャー山田富士郎短歌教室にも参加しています。
　この歌集を出版するにあたり、花山多佳子先生に選歌、解説、帯文をお願いいたしました。深く感謝申し上げます。また、出版の砂子屋書房の田村雅之さま、装幀の倉本修さま、本当にありがとうございます。

二〇二一年十月二十四日

柳村《やなぎむら》知子《のりこ》

塔21世紀叢書第407篇

歌集　雪と花火と火焔土器

二〇二二年三月一二日初版発行

著　者　柳村知子
新潟県長岡市堀金二―十二―八（〒九四〇―〇八六八）

発行者　田村雅之
発行所　砂子屋書房
東京都千代田区内神田三―四―七（〒一〇一―〇〇四七）
電話　〇三―三二五六―四七〇八　振替　〇〇一三〇―二―九七六三一
URL http://www.sunagoya.com

組　版　はあどわあく
印　刷　長野印刷商工株式会社
製　本　渋谷文泉閣